육상경기장에 살다

육상경기장에 살다

서 상 택 시집

다시 태어나도 그 길을 걸어갈

육상지도자와 그의 아내에게,

달리기에 청춘을 바친 선수와

달리고 싶어도 달릴 수 없는 사람들에게

이 시집을 바칩니다.

우리글

축하의 글

모든 스포츠의 기본이 되는 육상은 스포츠 경기라고 부르기 이전에 인간의 가장 기본적인 움직임에서 시작된, 인류의 생존과 직결된 운동입니다.

크게는 단거리, 중장거리, 달리기로 속도를 겨루는 트랙 경기, 기구를 사용해 높이와 거리를 겨루는 필드 경기, 트랙 경기와 필드 경기를 함께 치르는 혼성 경기, 걷기가 기본이 되는 경보, 지구력의 한계를 시험하는 마라톤으로 나누어지며 총 47개의 세부 종목으로 이루어져 있습니다.

이 시집은 지난 13년간 대한육상경기연맹의 홍보팀장으로 일하면서 늘 육상 알리기에 앞장서 온 서상택 이사가 육상경기를 치르는 선수들의 땀과 열정, 그리고 그들과 뜨겁고 아픈 시간을 함께하는 지도자들의 꿈과 사랑을 시詩로 노래한 책입니다.

이 시집은 스포츠라는 특수성을 넘어 모두가 공감할 우리네 삶을 노래하고 있어서 그 감동이 더욱 크게 전해집니다. 선수와 지도자들이 극한의 훈련과 경기에 임하며 느끼는 인간적인 희열과 좌절이 따뜻한 시선으로 그려져 있어, 육상을 사랑하는 사람들뿐만이아니라 삶이라는 경기장에서 치열하게 뛰고 있는 모든 독자들에게도 강렬한 울림을 줄 것이라 믿습니다.

대한육상경기연맹은 2011년 8월, 대구에서 개최하는 IAAF 세계육상선수권 대회를 맞이하여 우리 육상 발전의 큰 기회로 삼고자 최선을 다하고 있습니다. 국민 여러분의 관심과 응원을 부탁드리며, 아울러 육상 경기장의 진정성을 시詩로 담아낸 시인의 뛰어난 문재文才와 노고에 격려를 보냅니다.

2011년 여름
대한육상경기연맹 회장
오동진

시인의 말

바람과 시간이 사는 꿈의 신전神殿인 육상경기장에는
달리기에 투신한 사람들이 나라를 빛내고자
뜨거운 몸으로 신神에게 한 발 한 발 다가가며 쏟아낸
땀과 눈물이 배어 있다.

우리 말과 글로 씨줄과 날줄을 엮은 이 시집 한 권이
뜨끈한 고깃국 한 그릇만큼이라도
그들의 마음을 덥혀 줄 수 있다면 좋겠다.
그들이 갈아입을 날개옷의
작은 깃털이라도 될 수 있다면
더 빨리, 더 멀리, 더 높이 그들은 달려 나가리라.

2011년 여름, 세계육상경기대회를 앞두고
잠실운동장에서
서 상 택

차례

Ⅰ. 육상선수로 살아가는 법

II. 육상 코치를 위한 연가

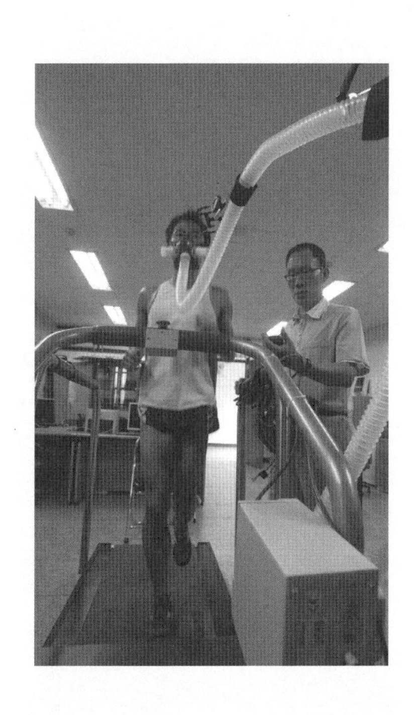

III. 몸의 경연장

IV. 바람의 이름으로 살다

해설

118
10
9

I. 육상선수로 살아가는 법

충청북도선수단

천마天馬를 기다리며

천하와 자웅을 겨루며
30만 수나라 군사를 물 먹인
살수薩水의 기백으로
군기軍旗 펄럭이며 중원을 호령하고
불화살 날리던 대망大望의 바람
어디로 불어 간 것일까

손가락 끊어 구국 투쟁을 맹세하고
하얼빈 역을 검붉은 피로 적셨던 청년
어디로 사라진 걸까

태극기가 천마의 갈기처럼
육상경기장에 휘날리는
그 날을 기다리는 너는
이천년 전 요동반도에서 천리마 타고
활시위 당기던 고구려의 아들

아이들아, 야생마처럼 달려라
바람과 시간을 스쳐 지나는
천마天馬의 꿈을 지녀라
어서 일어나 세상 밖으로 내달려라

국가대표

1분, 1초, 1cm를 다투며
한눈 판 사이 100m를 달리고
10분 쉬는 동안 10리를 달린다

물 한 모금 들이키는 동안
창은 7, 80m를 날아가고
장대는 이층 건물 옥상을 넘어간다

언젠가 가야 할 올림픽
세계육상경기선수권대회
세계 정상에 오르는 길은
피와 땀이 끓고
뼈가 으스러지는 일

그 길 위에서 오늘도
나는 달린다

전사戰士

단거리, 중장거리, 마라톤,
돌과 창을 내다꽂는 투척,
혼성경기 선수

이곳은 시간이 멈춰버린 땅
육식 동물 떼와 함께 사냥 길을 떠나
별이 쏟아지는 벌판에서 선잠을 자며
때를 기다리는 곳

팔 다리 근육으로 식권을 얻어
추적과 포획의 머리싸움을 위한
생존 면허증을 확보한다

메달을 포획하러 나서는
나는
신화 속의 전사다

꿈

천상 다락에 닿을 듯
소프라노 음의
피뢰침을 올려다보며
기도하듯 두 손을 움켜쥔다

저격수처럼
때를 기다린다

가슴 뭉클한 몸의 노래로
세상 꼭대기에서
꽃으로 피어날 그 날을 위해

경남
남양건설
926
5
6

라이벌

어디든 있다
내 곁에 있다
높은 곳에서
나를 내려다보고 있다

피해 달아날 수도 없는데
아랫배가 살살 아파온다
누워 있어도
생각이 잠을 흔들어
깨우고 일으킨다

뱉을 수도
삼킬 수도 없는
불 혓바닥

한 걸음
모자라는 곳에 늘
내가 있다

과천시청
asics
117
E10
E11
E3

18
10
asics
176
스포츠토토
서원대학교
asics
175
스포츠토토

동안거冬安居

인과응보다
여름날 땀을 식혀주던 바람이
지금 저 눈보라가 되었다니

언 공기를 마시고
더운 입김 토해내며
혹한기를 견딘다
잘 벼려낸 칼날이 되도록
몸을 세운다

죽을 것만 같은 날
죽었다가 다시
살아나는 날

육상선수로 사는 법

오래전에
직업은 이미 정해졌다

하얀 선으로 이어진 운동장
타원의 링 위에서 사춘기를 맞고
부상과 훈련 속에
우정과 사랑과 실연을 겪었다

합숙과 반복적인 인터벌 훈련
숨 막히는 고통 속에서
높이 나는 법을 배우는
솔개

갈증

미리 마셔둬야 하는데
때를 놓쳐버렸다

목젖이 불탄다
혀가 둥글게 말려들고 있다
몸 안의 아가미들이 일제히
붉은 입을 벌리고 퍼덕인다
바람이 낮은 피리 소리를 내며
귓등을 스친다

일몰의 해가 황금 비늘로
잘게 부서지고 있다
부서진 것들이 노을 속에서
먼지가 되어 날아간다

세상은 모두 비늘로 이루어진 것일까
이대로 쩍쩍 갈라져
몸의 각질도 부스러기가 되는 걸까
내 살도 내 피도
푸른 기억도 부서져 사라지고 있다
씨앗의 날개가 되어

어디론가 날아가고 있다

그 꽃눈
숲으로 자라면
그때 이 목마름을 기억할까

훈련

나사를 조인다
막힌 곳을 갉아 파고
가시덩굴을 헤치며
산을 넘고 또 넘어
앞으로 나아간다

방전되었다가
근육에 배터리가
다시 충전되면
에너지가 한 줄
마일리지로 적립된다

회복과 휴식이
도돌이표 노래처럼
패턴을 그린다

풀어진 나사를 다시
조인다
집요하게 지루하게
사는 게
우습고 시시해 보일 때까지

하계전지훈련

마중물 한 바가지
틈에 붓고
죽어라 팔뚝을 당기고 누른다

몽키 스패너 같은 통뼈
관절의 물렁뼈들이 중력을 밀고 당기며
땅의 기운을 끌어올린다

저 바닥에서부터 가래 끓듯
여린 숨소리가 들릴 때
한 바가지 더 부어넣고
갈증을 가라앉힌다

월척이 물린 듯 묵직한 손맛이 전해진다
땅 속 깊은 곳으로 마중 나간 물이
큰물을 잇고 묶어 기어 올라온다

귀한 꿈 한 동이 기어이
길어내고야 만다

기록

신기록이 수립되면
사라지는 이름들아

죽을 것 같이 아프냐
그렇게 서럽더냐
얼마나 더 울어야
숫자의 덧없음에 익숙해지려느냐

서로 이름도 묻지 말고
사랑도 시작하지 말라 하지 않더냐
심장 없는 꽃으로 태어난 듯
살라 하지 않더냐

4회 과천 전국고교 10km 대회 겸 중학교 5km 대회
언제까지나 살고싶은 과천
일시 : 2011. 3. 11(금)~12(토)
주최 : 과천시, 대한육상경기연맹, 경인일보
구간 : 관문체육공원 ↔ 과천시 일원
주관 : 과천시체육회, 경기도육상경기연맹
축

인터벌 트레이닝

자전거 페달 밟듯
트랙을 박차고 나갔는데
질주를 멈춘 채
무릎에 손을 대고 고개를 숙인다

들숨 날숨 속에 기억이 지워진다
뱀이 온 몸을 칭칭 감는다
조여 드는 숨통
터질 것 같은 심장

어디선가 겁먹은 개가 날카롭게 짖는다
공기가 폐를 빠져 나가는 동안
조각난 칼날이 살을 베고 지나간다
실핏줄이 낱낱이 타버릴 듯
온 몸의 근육이
도자기 파편처럼 흩어져 갈라진다

몸은 이 순간을 기억하며
더 강해지겠지
그리고 언젠가는 내 이름마저 다
잊어버리겠지

사월

동계훈련장 오가는 길
꽃잎 흩날린다

겨울을 견뎌온 것은 뿌리와
사라진 잎사귀들의 넋과
꽃잎 받쳐 든 여린 가지에게
인사를 건넨다

비에 젖은 낙화 앞에서
고개를 드는
수줍은 봄날

연애금지령

가슴과 등에 번호를 달고
육상경기장에 들어서면
어딘가 있을 너를 찾아
바람 틈새를 헤집는다

육상경기규정 제147조
'육상경기장 내에서만 개최되는 경기에서는
남녀선수 간의 혼합경기를 허용하지 않는다'

함께 달릴 수는 없지만
우리는 이미 함께 있는 거다
이 날을 위해
꿈속에서도 나는
심장이 터지도록 달렸는데

네 앞에서는 질 수 없다
한 사람의 가슴에
문신으로 새겨놓고 싶은
기록의 프러포즈

격려사

오늘 경기에서 진
네 등을 두드려주며
격려해주는 사람 아무도 없다면
돌아가는 길 얼마나 쓸쓸할까

더 빨리 더 멀리 나아가기를 꿈꾸며
바람을 핑계대지만
바람을 따라잡는 것은
얼마나 무모한 일인가

살아간다는 것은
지나가는 바람을 따라가는 일

네가 꿈꾸는 신기록도
피었다 스러지는 꽃이라는 걸
언젠가는 알게 되겠지

509
370
교 육상 선수단
본원초등학교 육상선수단 승

슬럼프

뛰어넘어라
네가 쌓아올린 언덕
다 퍼내라
네가 만든 물웅덩이

첫 마음의 중심으로 돌아가라
나를 분해하던 순서의 역순으로
발버둥치지 말고
껍데기를 벗어던지고 즐겨라

근육 위에 근육을 덧대고
아킬레스건을 질긴 살갗 포장지로
둘둘 말아 감고
갑옷 같은 갈비뼈를 동여매고
누구에게도 눈물은 보이지 말 것
눈 감지 말 것

몸 안에 숨어 있던 낯선 얼굴이
몸 밖으로 뛰쳐나와
저 언덕을 뛰어넘고
물웅덩이를 건널 때까지

스탠드

운동을 더 이상 할 수 없다니
나는 달리기 위한 생명체였는데
뛰면 또 다시 아프다

깃발을 들고
언덕과 물웅덩이를 뛰어넘어
여기까지 달려왔는데

빈 계양대처럼
운동장을 내려다보며
앉아 있어야만 한다니

인터뷰

웃어라
이빨 드러내며 환하게

말해라
'최선을 다했습니다'
'후회 없습니다'
'만족합니다'
'더 잘하겠습니다'
'같이 뛴 선수가 더 훌륭했습니다'
'선생님께 감사드립니다'

당당하게 외쳐라
'오늘 내가 이 세상에서 가장 행복합니다'
라고

물에서 방금 건져낸 젖은 차돌처럼
반짝이며 웃어라

asics

II. 육상 코치를 위한 연가

연가戀歌

굴을 까거나
바지락을 긁어모으거나
어둠 속에서 하얗게 빛나는
낙지라도 잡아 올릴 것처럼

밀물이 들면 드는 대로
썰물이면 썰물인 대로
갯바람에 염장이 되어 가며
개펄을 지키고 있는 저
낡은 그물

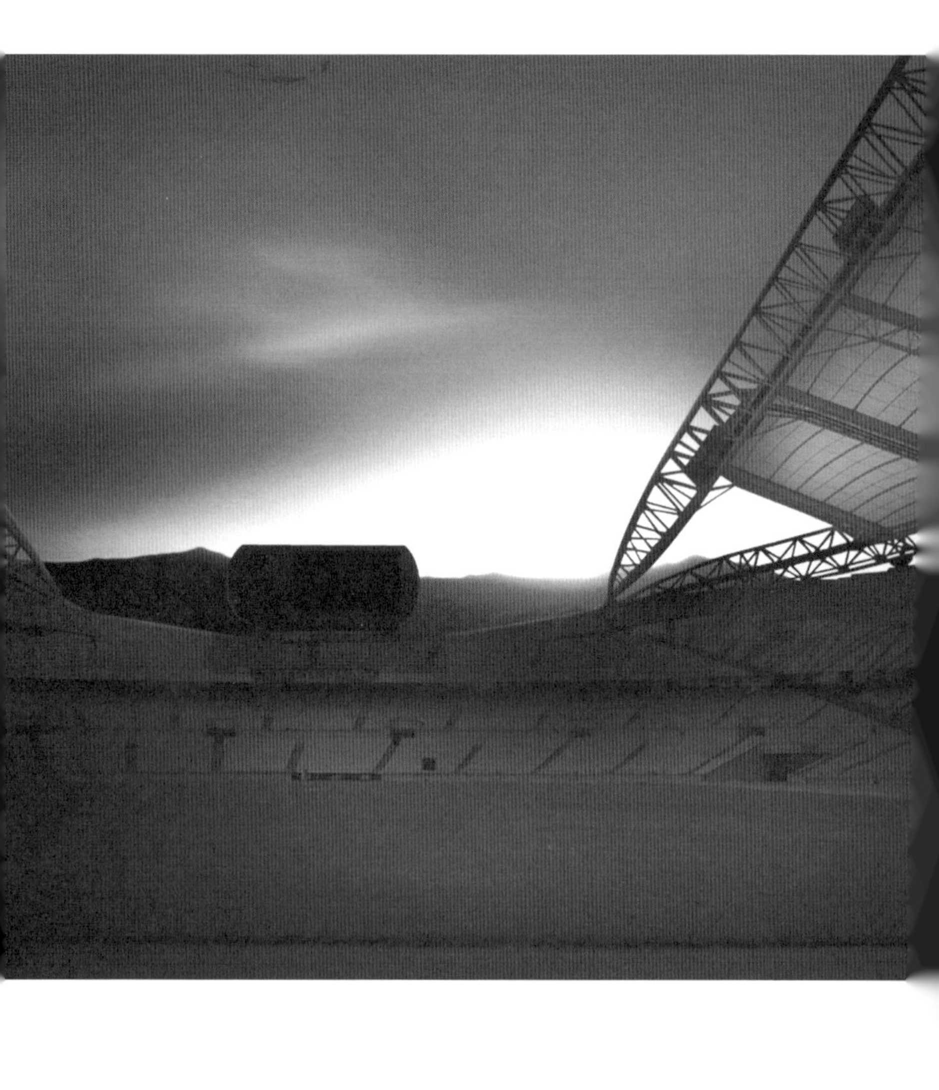

그림자

― 순회 코치를 위한 노래 1

우승을 했는데
코치라는 이유로
교직원 회식자리에도 끼지 못한 채
포장마차에서 혼자 소주를
알약처럼 털어 넣던 날
카바이드 불빛에 더 깊어지는
끈을 놓쳐버린 방패연
내 그림자

책상도 걸상도
변변한 명함도 하나 없지만
제자들 졸업앨범에
이름 석 자
얼굴 사진 한 장 보이지 않지만

바람 부는 운동장을 내 집이라 여기며
어둠 속에서 별이라도 캐내겠다는 걸까
비가 오면 오는 대로
바람 불면 부는 대로
하늘 속에 머리 디밀고 서 있는
오래된 깃발

그 부부

— 순희 코치를 위한 노래 2

1.
'그이가 좋아서 하시는 일인데요, 뭘…'
아내는 말끝을 흐리며
풀꽃처럼 웃는다

닭을 튀겨 내거나
시장바닥에서 부업을 하고
이웃에게 빌린 돈으로 밥상을 차리며
형편이 어려운 제자
영양제 한 병 사 먹이지 못해
안달이다

2.
'국가대표 하나 키우겠다는 건데요, 뭘…'
아이 생일날 외식은커녕
촛불 한번 함께 불어 본 적 없다
아내가 영양실조로 쓰러져
구급차에 실려 간 날도
먼 동계훈련지에서
어머니 부음을 전해 들었을 때도
경기장에서 숨어 울던 사나이

3.

'다시 태어나도 이 길을 가야죠'
잠든 세상의 새벽을 깨우러
운동장으로 나간다
대한민국 육상코치

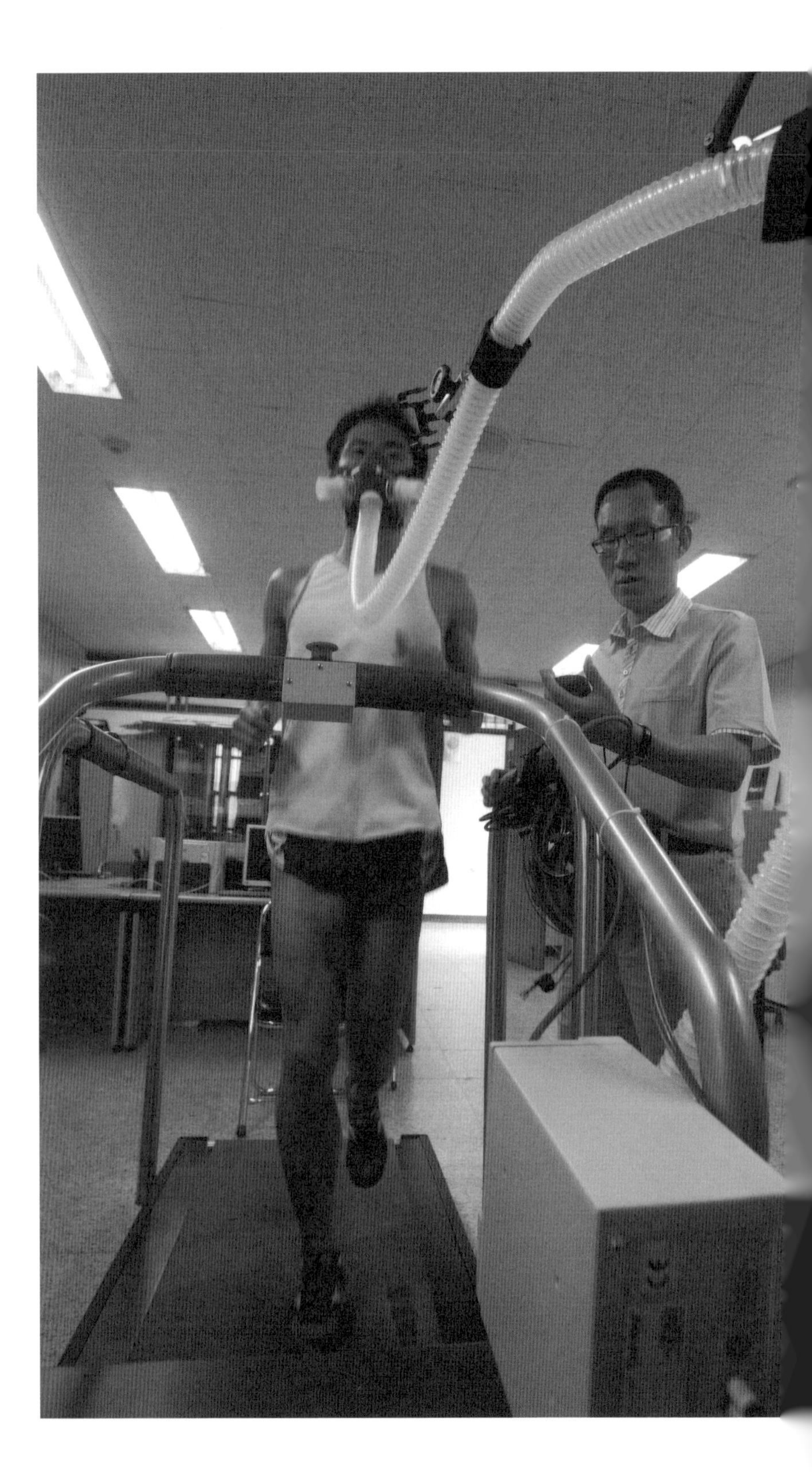

은발銀髮 육상 코치의 고백

그때는 잘 몰랐어
의욕만 끓어 넘치던 시절

아이들을 처음 가르치던 날
내가 알아보지 못해
버려 놓은 아이들도 있었는데

바람이 잠잠해진 뒤 알게 되었지
욕심만으로 되는 게 아니란 것을
제대로 된 처방은
연륜과 사랑에서 나온다는 것을

시행착오 끝에 쓰기 시작한
훈련 노트
제대로 기록해 두지 않는 지도자는
아이들에게 씻지 못할 죄를 짓게 돼
젊은 날의 나처럼

선수 입문기入門記

눅눅한 바람이 고여 있던 골목 안
방 한 칸에 3대가
칡넝쿨처럼 엉켜 살았지

저녁밥 짓는 어머니 손뜨개질한 털조끼
올 올마다 배어 있던 조선간장 냄새
발효되는 것들의 향기가
낡은 유행가처럼 배어 있던 방

바람개비처럼 휘돌며
달리는 꿈만 꾸던 소년은
골목 저 너머에
길이 있다는 걸 알았지

골목 밖으로 뛰어나간 소년은
연탄재가 수북이 쌓여 있는 골목 안으로
다시는 돌아오지 않았지

삼겹살 구이

– 황규훈 감독

"그려, 고생혔어"
대회가 끝나자
정육점에서 고기를 사 먹인다

몸무게를 9kg 빼고
42.195km를 완주한 녀석은
입 안에 모래가 한 가득이라
맹물만 들이켜는데

"천천히 먹어라, 체하것다!"
잘 뛰지도 못한 채
옷가방만 지키고 있던 저 녀석
젓가락을 지휘봉처럼 들고 앉아
고기 토막을 부지런히 입속으로 나르고

잘 뛴 탓에
먹지 못하는 녀석만 되레 구박이다
"어여 먹어, 안 먹고 뭐 허냐?"

FILA
スーパードライ
3
東京国際マラソン

기도

– 2000 도쿄국제마라톤대회

1.
이제 경기장으로 떠나야 한다
서울서 가져온 태극기 두 장을 접어
독립투사의 밀서처럼
푸른 원통에 넣고
무릎을 꿇고 엎드린다
'최선을 다하게 해 주세요, 힘을 주세요'

2.
중계 화면은 일본 선수들만 비추고
그 어깨 뒤에서
백승도가 이봉주가 온몸으로 소리치고 있다
'결코 무릎 꿇지 않을 거예요!'

오인환 코치는
오른 팔 다리를 덜덜 떨고
김재룡 코치는
등 뒤에서 생수를 들이켠다

지금은
숨 쉬는 것조차 간절한 기도다

기억하라

— 2004 아테네 올림픽

아테네 올림픽경기장 저녁 어스름
만나는 일본 응원단마다
'오메데토*' 하며 미소 짓는다
전염된 듯 나도 따라 웃었다

일장기와 그렇게 구분이 안 되나
부서진 신전 아래
한 조각 대리석이 되어 숨어버리고 싶다

오늘을 기억하라
그렇지 않으면 또 다시
치욕을 겪게 될 거다

기억의 벽에 통곡의 문신을 새겨라
끓어오르는 열기로
경기장을 가득 메워라
살아라
살아서 오늘을 기억하라

*오메데토 '축하합니다'라는 뜻

오월, 오사카

– 제3회 동아시안게임

이틀 비
이틀 폭염에
사람도 짚단처럼 눅눅하게 젖어든다

나가이長居 공원
청록 숲 위에
희뿌연 설움 같은 것이 내려앉는다

대한육상경기연맹 회장이 단장인데
코치 9명에 선수 30명
노 골드에 은메달만 4개라니

가슴 위에 돌덩이가 얹힌 것 같았는데
5월 숲 모기 설쳐대던 마지막 날
이진택 선수가 금을 따냈다

천사의 재림再臨 소식에
이대원 회장이 애국가를 부르자
폭염 속에 잠자던 바람이 일어
태극기도 춤을 춘다

KOREA
우리는
한다! 된다!

국가대표코치

금방 알아차린다
선수들은

카리스마의 인물인지
허풍쟁이 사기꾼인지
빛을 발하는 테크니션인지
폼만 잡는 빈 수레인지

강하다는 것으로
아름다움을 끌어낼 수는 없지

지금 필요한 사람은
열정에 가득 차
신념을 불어 넣어주는
마에스트로

훈련

– 여자 마라톤 국가대표 동계 전지훈련

섭씨 5도 겨울비 잦은 제주
갠 날을 골라 시작한 도로 훈련
한림초등학교 앞에서 풍천초등학교까지 45km
5km마다 제공되는 생명수를 마시며
12번 국도를 따라 달려 내려간다

서울도시개발공사 승합차는
늙은 소가 끄는 수레처럼 따라 걷고
경광등 옆 마이크에서는 워낭소리 대신
테크노댄스 곡이 울려 퍼지는데
허수아비처럼 무심한 도로표지판은
세화 2km 성산 14km를 가리키고 있다

갈 길은 먼데
선수가 쓰러지자 모두
긴 그림자로 멈춰선다
저 멀리 일출봉이 다가온다
겨울 바다가 일어선다

'약속은 지켜야지'
'뛰지 못하면 걸어서라도 가'

'다 왔다 왔어'
최선근 감독의 고함소리에
한쪽 신발이 벗겨진 채
울며 걸어가던 선수가 다시
달리기 시작한다

독려와 위협, 호소로 뒤엉킨
세 시간 지옥 훈련

IAAF
Athletics
International Association
of Athletics Federations

태극전사

단 한 번도
눈물 없는 해외 원정경기는
없었다

보이지 않는 곳에
숨어서 울다가

눈물이 메말랐을 때 비로소
고향에 돌아왔을 뿐

DONGHWA
DONGHWA

Ⅲ. 몸의 경연장

개화開化 천지天地

— 세계육상경기선수권대회 1

천지가 개벽한다
마른하늘에 뇌성벽력 친다
하늘 대문이 열렸다 닫힌다
마른 땅이 갈라졌다 되메워진다

개벽 이전의 혼돈 상태를 깨치는
파천황
누군가의 투혼으로
혁명이 일어나고 있다
하늘로 치솟은 암벽과 바다가 만나
살을 맞대고 뒤엉킨다

융기와 침강
대지를 얼리고 녹이며
긁어대고 물어뜯는 빙하의 마식작용이
침묵 속에 진행되고 있다

우주의 어둠 저편
별들의 고향에서 비로소 눈뜨는
수억만 송이 꽃

적

– 세계육상경기선수권대회 2

하늘이 점지한
최강의 앙숙
지역의 검객들이 다 모였다

칼춤을 추며
곳곳에서 부딪힌다

찰나에 지나지 않는 삶

오늘 내가 대결해야 할 상대는
바로 나 자신이다

DE NULES
A BERLÍN
CON AGUSTÍN

몸, 벽화

— 세계육상경기선수권대회 3

역경이 길러낸
젊은 몸의 서술만이
기록으로 남는 빛의 방
시간의 뜰

야간경기장에서
한낮의 햇살이 지금
꽃으로 피어나고 있다

아흐레 동안
한 곳만 바라보는 육만 관중의 기도
육십오억 지구인의 시선 앞에
살과 뼈
영혼의 끌과 정으로
궤적을 아로새기고 있다

신의 지문指紋을
어머니의 노래를

2
3
4
5
見禁止

한밤의 음악회

— 세계육상경기선수권대회 4

트럼펫 팡파르가 울리는 곳
악보 위에서 심장이 끓어넘친다
관절의 음표들이 달리고 뛰어넘는다
47개 몸의 악기
빈 뼈에 바람을 가득 채운 목관악기들
무곡이 흐르는 도약 경기장

해머는 트롬본, 원반은 호른, 포환은 튜바
장대높이뛰기와 릴레이의 4중주
현악 8중주 절절한 선율에
고통은 땀으로 젖어 빛난다

라스트 스퍼트
북소리가 매복했다 박차고 뛰쳐나온다
여덟 개의 드럼이 세 차례 리듬을 바꾼다
열여섯 개의 발자국이 거칠게 포효하며
흑백 건반을 사정없이 내려친다

드디어 파이프 오르간
장엄한 소용돌이 속으로 빠져드는
8월의 교향곡

꽃이 피어나는 한 때

— 전국꿈나무선발육상경기대회

문을 활짝 열고 새 물을 담듯이
불어오는 봄바람으로
운동장을 가득 채운다
사람이 꽃이 되는 눈부신 한 때
여린 풀잎들 꽃대를 세우고
지금 봉오리 부풀리고 있다

봄비 내리던 날

– 전국종별육상경기선수권대회

미안하다
앞 다투어 피어나
한순간 비바람에
무너져버린 이름들

봄 벚꽃 지금
꽃비 되어 내린다

정말 미안하다
나는 너를 기억하지 못할 거다
향내 한번 뿜어보지 못한 채
낙화라니

우화羽化

— 전국육상경기선수권대회

잠자리 애벌레
청록 바람 속에서 기지개 켠다
수초를 껴안더니
또 다른 몸이
낡은 몸 밖으로 나와 투명한 뼈를 말린다

수많은 알과 알들
애벌레와 애벌레
그 위를 날아가는 잠자리 떼
푸른 물이 출렁이는
하늘을 향해 비상한다
날갯짓을 할 때마다
빛의 비늘이 떨어진다

밀물과 썰물이 드나드는 바다처럼
시작과 끝이 들며난다
늘 그래왔듯이
영화처럼

어떤 음악회

– 전국소년체육대회 1

금빛 하프 줄을 퉁긴다
스타카토를 던지는 바순
수풀 사이로 스며드는 햇살처럼
높은 음 끝자리에서
오보에가 검게 흔들리며 빛난다

깔깔거리는 아이들 목소리
오르간 주위로 모여 들고
페달이 풀무를 움직이자
물방울이 피어오른다

기타 소리에 스탭을 밟기 시작한다
클라리넷 소리 플루트 소리에
요정들이 왈츠를 추며 길을 연다
마네의 소년이 피리를 불자
저 멀리 멜른의 피리 부는 남자가 지나간다

아이들이 연주하는 음악 소리에
텅 비어 있던 봄날이
눈을 뜨는 아침

출항

– 전국소년체육대회 2

풍어豊漁의 희망으로
순풍과 만선을 비는 오늘은
해신제를 올리는 날

물이 들며나는 때를 읽고
바람의 길을 느끼며
별자리 따라
물길을 헤치고 나아간다

황금빛 그물을 펼쳐
꿈을 걷어 올리는
눈부신 아이들

시월 비

– 전국체육대회

신기록의 제전 그 명성도
쏟아지는 빗줄기 앞에서는
속수무책이다

어둡고 긴 비구름 마차 행렬이
무거운 바퀴를 끌며
동쪽하늘로 떠밀려 가고 있다

발목을 건드리는 잔디 잎새마다
눈물 같은 물방울이 맺히고
최고 기록의 꿈도
오늘은
하수구로 쓸려 들어가 버렸다

삶은 이렇게 잠시
머물렀다 가는 스톱워치 속
한숨 같은 찰라

운동회

소사小使 아저씨
은행나무에 올라가 줄을 고쳐 매자
만국기가 오색 지느러미 파닥인다

마이크가 없어도 쩡쩡 교정을 울리던
체육 선생님의 목소리
국방색 확성기에서 쏟아져 나오던
18번 행진곡 '콰이강의 다리'에 맞춰
아이들은 휘파람 소리 내며 걷고 또 걸었지

팡파르에 맞춰 날아오르던
비둘기 날갯짓에
햇살이 금빛 가루로 부서지던 그날
지금도 눈이 부셔서
오래된 사진첩을 펼쳐드는
어린 날의 운동장

영남
SAMSUNG
梧城
SAMSUNG
198
영남
191

비 오는 날

장대비는 오는데
달리기는 멈출 수가 없다
트랙 옆에 천막을 세우고
400m 릴레이 스타트 라인이 부산하다

철근 힘줄이 드러난 다리
보이지 않는 어딘가 부식이 되고 있는 걸까
에어 스프레이 비릿한 내음이 낮게 깔린다
검버섯처럼 물웅덩이가 늘어난다
심판원이 물을 퍼내고 대걸레로 밀어낸다

시 · 도 연맹 사무실 앞에서 누군가
목청 높여 항의를 하자
경기 규정을 조목조목 따지며 막아선다
고함소리보다 문서는 늘 늦게 도착하고
상소심판 회의가 소집된다

병은 깊어 가는데
아프다는 사람 하나 없다
무릎 통증처럼 비에 젖어드는
육상경기장

공설운동장

구덕재에서 꽃샘바람이 불어오면
장터처럼 흙먼지가 뽀얗게 일던
부산 서구 서대신동 3가 210번지
좁다란 산비탈 골목 안에서
제일 넓은 공터였던 그곳

안으로 들어가겠다고
철 대문 밑으로 흙을 파거나
담벼락과 전신주를 끌어안고
담을 튀어 넘던 사내들과
오후 볕이 잘 드는 곳을 서성이며
새까맣게 입술이 타 들어가던
어린 머슴애
이제는 다 사라지고

알록달록한 서양 눈깔사탕
달짝지근한 맛으로 남아 있는
구덕공설운동장

그해 여름

미군수송부대 트럭이
전쟁처럼 점령을 하고 있던 날
하우스 보이에게 국자로 머리를 쥐어박혀도
가슴을 가득 채운 허기는 사라지지 않았다

그 행려行旅의 나날
주몽 화랑 계백의 철부지 아이들은
운동장 옆 개천에서 못 조각을 줍다가
사금파리에 발바닥을 베이고
돼지국밥을 즐겨 먹던 어른들은
꽃상여를 타고 하나 둘
공동묘지로 올라가곤 했지

남루한 겉옷만 남겨두고 떠나버린
운동장의 매미들
텅 비어버린 꿈의 껍데기만
철 지난 운동장을 지키고 있던
그날

깃발

바람도
텃새가 되어버리는 걸까

그 자리에 묶여
하얗게 나부끼고 있다

모질었던 첫사랑을
꼭 빼어 닮은
낯익은 얼굴

늦은 밤

경기가 끝난 운동장에
혼자 남아 본 적 있니

한낮에 빛나던 것은 다 떠나가고
텅 빈 자리마다
저녁 땅거미가 내려앉고 있다
국기 게양대와 도르래 줄이 부딪치는 소리가
댕댕— 울린다
기사 송고가 끝날 때를 기다리는
기자실 창문이 어둠 속에서
눈을 반짝인다

사무국 차량 헤드라이트 불빛이 사라지자
뜨겁게 트랙을 달리던 열기만
먼 메아리로 남아
떠나지 못한 누군가의 혼백이
빈 트랙을 돌고
또 돈다

꿈꾸는 산

육상이라는 이름의 민둥산
육상인이라는 이름의 나무들 덕분에
일백 년 동안 푸른 산으로 와짝 자랐다

산을 키워 온
권태하 김은배 남승룡 서윤복 손기정 함기용
최충식 한승철 주형결 백옥자 정봉수
반백년 금강송
황영조 이봉주 김재룡 장재근 이진일 이진택
이영선
십 년생 이십 년생 어린 꿈나무들

'육상'이라는 이름의 산은
솔향기 가득한 봄부터
설경에 어우러진 상고대
거목들의 숲으로 깊어졌지만

밀렵꾼의 날카로운 덫과
어린 나무 숨통을 죄는 늙은 덩굴식물의 군락에
산지기는 산불을 놓고
기계톱을 든 벌목공과

아궁이에 불 지피려는 나무꾼이
숲을 쏘다니고 있으니

빈껍데기 산지기에
벌목공 나무꾼과 밀렵꾼 덩굴식물들은
어서 이 산을 떠나주기를
새천년의 봄 숲길 환히 열리는 날
낙엽 아래 숨어 있는 어린 씨앗과
목피 속의 새싹은
기지개 켜며 푸르게 움트기를
그 햇살 풀잎 끝에 오래도록 머물기를

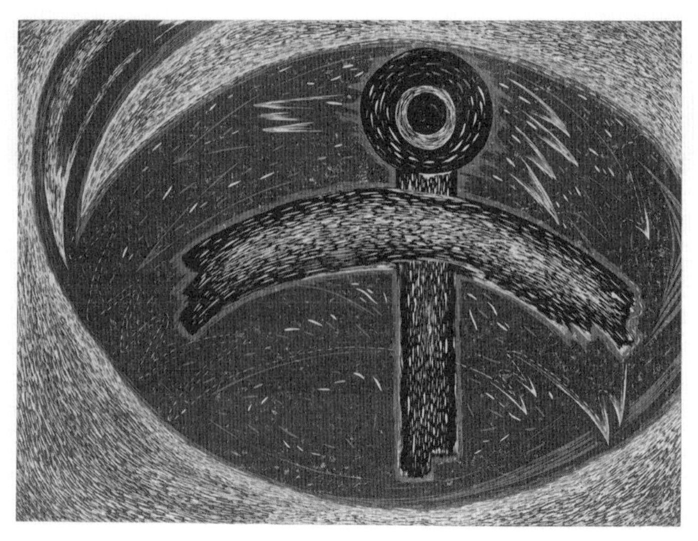

*과천 국립현대미술관에서 열린
제26회 대한민국미술대전 입선작 '사건 070627'(장이향 작) 앞에서

판화 속에서 만나다

– 장이향 씨 작품* 앞에서

빛이 스며드는 생각의 틈 사이
판화 속의 세상이 나를 바라보고 있다

내가 우리 얼굴을 바라보고 있다
마주 서서 처음 만난 것처럼 서로
눈을 들여다본다

살과 뼈를 깎고 다듬어
몸의 기록을 만드는
육상경기장을 꼭 닮았구나
그렇게 모두 하나구나

판은 깎여 사라지지만
원화는 남는 소멸 판화
약동하는 생명의 시간이
사람의 마을을 휘감고 있다

아내의 그림 속에
우리가 꿈꾸는 푸른
육상경기장이 살고 있다니

Ⅳ. 바람의 이름으로 살다

마라톤 감독

– 정봉수 감독 1

아득한 아스팔트
그 위에서 가물거리는 아지랑이가
마라톤 지도자의 삶이라더니

자신의 깊은 병은 가벼이 여기면서
나라 위신을 걱정하던 무관
빛나는 제목 하나 얻기 위해 여럿을 버리며
누구한테도 지기 싫어하던 싸움꾼

쉽게 무릎 꿇지 않는 자존심도 있었고
얼떨결에 무대 한가운데 나선 적도 있었고
나서야 할 때 신발 끈을 풀기도 했지만

스승의 기백과 기상을 지켜오며
올림픽 메달리스트 황영조 이봉주를 만들어 낸
마라톤 중흥의 대부

병색은 짙어도 매처럼 형형했던 그 눈빛
지금도 잊을 수가 없는데
잠시 왔다 사라진 난세의 영웅
추풍령 아래 잠들다

그리운 이름

— 정봉수 감독 2

제15회 도하아시아경기대회
마라톤 4회 연속 우승이었는데
메달 하나 못 따고
텅 비어버린 자리
취재기자들만 남아 있다가
그림자처럼 흩어졌다

'그런 기록으로 국제대회에 나가나'
'말도 꺼내지 마라 나라 망신이다'
'정신 차려, 일본에 질 수는 없지'
정봉수 감독 목소리가 환청처럼 들린다

못 볼 꼴 다 본 날
햇빛도 가시가 되어
눈에 꽂힌다

발

– 손기정 선수 1

태극기 대신
병원 이불을 덮고 있다

이불 밖으로 삐죽이 나온 발이
나를 바라본다
한때는 금관으로 빛나던
눈부신 발이었는데

이제
그 다리를 잘라내야 한단다

마라토너의 독백

– 서윤복 선수 1

내 꿈은 손 선생처럼 1940년 올림픽 우승이었지
하늘에는 회색 폭격기만 떠 있었고
해방의 거리는 태극기 물결로 흘러 넘쳤지만
취직자리가 없어 다 실직자였던 시절
운동도 꿈도 접고
삼삼오오 패를 지어 술만 마셨지

1946년이었나
해방경축종합경기대회에 갔었지
스피커에서 들린 이승만 대통령 목소리가
내 등을 후려쳤어
'세계의 하늘에 태극기를 펄럭여주기를'

2.
왼쪽 신발 끈이 풀어져도
구두 속에 물을 붓고 달린 애국 투사
남승룡 선생
그 분과 함께 뛴 보스턴 마라톤대회

그건 독립전쟁이었어
화물선 타고 인천 항구로 돌아오던 날

이 박사가 말했지
'독립운동으로도 신문에 못나오는데
마라톤으로 조명을 받는구나'
김구 선생도 휘호를 써주셨지
'발로 천하를 제패하다, 족패천하足覇天下'

3.
'나 서윤복이…' 웅변하듯 훈시하며
체육인이 동대문운동장장이 된 것을 자랑하더니
그 기억 우리에게 다 전해주고
지금 그는 어디를 달리고 있는지…

第50回 体典
1969.1

1946년 그때

– 서윤복 선수 2

1946년 6월
돈암동 손기정 선생 집에 나무 현판을 걸었지

남승룡, 손기정, 이종로, 강기진, 홍종오, 이영재
최명삼, 서윤복, 김인식, 신복석이 동고동락했던
'마라손 선수 합숙소'
닿을 듯 높은 곳에 희망을 걸어 놓은
국가대표 마라톤 선수촌

새벽이라 애국가를 부를 수는 없었지만
좁은 마당에 모여 태극기를 게양했지
손 선생이 얻어 온 후원금이
우리를 달릴 수 있게 해주었던 나날

기름이 둥둥 번지는 벌건 쇠고기 국물에
김이 나는 쌀밥을 말아 먹고
나라에 보답을 해야 했기에
우리는 더 멀리 달렸지

26
27

전설

– 남승룡 선수

‘아버지는 언론에 나서지 않으십니다’
아들은 짧게 답했다

서른다섯 살에도
보스턴 언덕을 달렸던
하늘이 내린 달리기 신동

꽃그늘 진 가파른 계단을
더 이상 오르지 않고
자신의 신작로로 달려간
전설 속의 사나이

하늘은
답을 듣고 싶어 하는 사람에게만
목소리를 들려주는 걸까
그는 대답을 찾고 돌아간 것일까

United
KOREA
KOREA
KOREA

신화의 시대

— 최윤칠 선수

한때는 전사였던 큰 어른을 모시고
꼬리곰탕 한 그릇에 참이슬 한 병으로
전설 속의 무용담을 듣는다

1952년 헬싱키 올림픽 삼관왕 자토펙과
맨발의 아베베 이야기
살기 위해 청탁하며
동대문운동장에 터를 잡고
꿀벌처럼 살아온 이야기

'신화로 세상 살다 가는 것은 행복이겠지요'
봄이 오는 길목 어느새 비 그치고
새 풀잎 향기 그득하다

KOREA
Souvenir
München
Participation '72
Kee Chung Sohn
손기정

창窓

– 손기정 선수 2

1.
민간인으로도
체육인으로도
첫 국립묘지 안장

날개를 달고 달리던 그를
대전국립묘지 오재도 검사 옆에 뉘여 놓고
이대원 회장을 뒤따라 돌아오는 길

달리는 것만 길 위에 남아
차는 고속도로 위를 달리고
빗방울은 비를 거슬러 마주 달려오는데

달리는 것은 살아 있다는 것
달리지 않는 발에는 더 이상
붉은 흙물이 들지 않겠지

2.
내가 세상 떠나는 날
이렇게 하늘이 환히 들어오게
창을 손바닥으로 닦아줄 이
그 누군가

라면소녀

– 임춘애 선수

눈물조차 깡마른 1986년
가난한 이들의 기도는
우유 한 팩과 라면 한 그릇

산동네를 환히 비추며
횃불로 타올랐던 함성은
가난이 힘이 될 수 있다는 것을
우리에게 알려주었지

라면소녀라는 성스러운 이름으로
신은 그렇게
천국을 보여주었지

짝발

– 이봉주 선수

'세상 앞에 손 비비며 살고 싶지는 않아'
뼈마디를 숫돌에 갈며 날마다 정진했다
'남과 같아서는 아무것도 못 된다'
벼랑 끝 바늘구멍을 빠져나와
굳은살과 압정 같은 티눈을 선택한 마라토너

고된 뼈와 헐거워진 물렁뼈 사이로
낯선 바람이 지나가고
그 폐광에 차디찬 물이 고여 넘쳐도
연실이 얼레에서 풀려나듯
바람이 길을 내면 그 길 따라
달리고 또 달렸다

몇 번 더 달리는 것
이기고 지는 것도 이제는 의미가 없다
도전의 끝에 서면 또
다른 도전이 있고
산 정상에서의 시간은 찰나일 뿐

느리고 낮은 호흡으로
나를 향해 달린다

내가 내게 말없는 말을 건넨다
목판화 같은 발자국
길 위에 찍어온 굴렁쇠 수레바퀴
주름진 짝발

adidas

안단테 칸타빌레

– 이신바예바Елена Исинбаева

황금 새가 올라앉은 횃대
마법에 걸려 천국의 문을 두드린다
신화 속의 날개가
장대 끝에서 푸른 잎으로 돋아나고 있다

도요새가 노래 부른다
풍차의 심장소리가 들린다
빠르게 느리게 혹은 춤을 추듯이
세상에 처음 태어나는 음악소리

볼고그라드 서쪽 볼가 강
자작나무 숲 아래
러시아 처녀의 화사한 눈웃음이
수 만 송이 벚꽃 잎으로 흩날린다
세상의 모든 벽이 안개처럼
허물어져 사라지고 있다

연어
– 홍헌표* 기자

남대천 연곡천
동해 길목마다 귀향 행렬
32000km 망망대해 북태평양 거친 파도를 헤치며
새 생명을 가슴에 품고
고향을 찾아 돌아오고 있다

우리 가슴을 울리는 것은
스타트 라인에서 달려 나가는
수만 명의 무리가 아니라
운동장으로 되돌아오는 지친 발자국들

푸른 연어
그가 돌아올 날을 기다리고
또 기다린다

*홍헌표 : 조선일보 디지털뉴스부 차장. 육상 담당기자로 여러 국제대회를 취재해 국민에게 육상을 알리는 일을 도맡아 오며 육상에 남다른 애정을 갖고 있는 분이다. 2007년 마라톤에 도전, 완주했는데 지금 암투병 중이다.

파견지에서

– 파견지 육상경기장 1

날마다 거인을 만난다
평생 맨몸으로 달려 온 사람들

장인들의 장쾌한 서사시
용무늬 깃발로 나부끼고 있다

빠르게 달리기보다
잘 멈춰서는 기술도
함께 배운다

마음속까지 훤히 들여다보이는
둥근 거울
육상경기장

부평행 직통열차

– 파견지 육상경기장 2

막차를 기다린다
밤에도 젖어 있는 신도림역
철길이 겨울나무처럼 하얗게
빛나고 있다

내가 기다리는 것은 열차일까
봄일까
노랗고 푸른 싹이 보이지 않는 곳에서
움을 틔우고 있다

살아가는 일은 봄을 기다리는 것
다시는 돌아갈 수 없는 그 풍경 속으로
돌아가는 것

옅은 안개 너머에서 다가오는 너를
오늘도 기다리며
나는 서 있다

*동바리 : 쪽마루나 좌판 따위의 밑에 괴는 짧은 기둥

파견자

— 서울종합운동장 주경기장

1980년대 송파구 잠실동 10번지
비포장 길을 달리며 요동치던 버스가
선잠을 깨웠지
황무지에 던져진 작은 돌멩이
말똥구리 똥처럼 이리저리 굴러다녔지

공상과학영화 거미발처럼 생긴
강철 기둥 한강을 향해 일어서는
메인스타디움 견학단 줄 한가운데
동바리*처럼 서서 바라보았지

1988년 제24회 올림픽경기대회
딸아이 손잡고 부천에서 전철을 타고와
육상 1만 미터 경기 구경을 할 때도
1994년 삼성가족 한마음축제에 참가할 때도
나는 몰랐지

1997년 12월 파견 명령을 받고
어느새 14년
잠실종합운동장 뜨거운 심장으로
나는 아직 살아 있다네

| 해설 |

육상인의 눈빛, 시의 힘

– 《육상경기장에서 살다》에 대하여

신중신(시인)

사람들은 무심한 가운데, 제우스신은 천계 올림포스 산에서만 살고, 시詩는 그 고유의 영역 안에 은거하는 것으로 치부한다. 하지만 제우스는 이미 지상의 인간들과 교제하기 위해 하계를 왕래했으며, 시는 저 사포Sappho의 금가琴歌 서정시나 김소월의 민요시 경계를 벗어나 속세 깊이 스며든 지 오래다. 말하자면 시는 한정된 어떤 제재나 정해진 틀form에만 존재하는 것이 아니라 우리 언어활동 가운데, 일상의 모퉁이에 벌써 그 모습을 드러냈다는 뜻이다.

파견 명령을 받고/어느새 14년'이라 술회하는 서상택 시인이 여기 육상경기장 또는 육상경기인 주변의 여러 광경과 풍속도를 캐리커처한 시편을 모아 우리를 몸의 축제로 초대하고 있다. '역경이 길러낸/젊은 몸의 서술만이/기록으로 남는 빛의 방/시간의 뜰'(〈몸, 벽화〉 중에서) – 그는 이 같은 작업으로써 시의 성문을 좀 더 열어젖히는 데 기여하며, 개인의 집중적인 관심사를 문학적 조리調理를 빌려 일반대중에게 서비스하고 있는 것이다. 독자들은 이 시집을 대하며 육상경기인의 치열한 삶, 내면의 진실과 더불어 시의 맛을 두루 접하게 되지 않을까 싶다.

국민 모두에게 친근해진 육상경기임에도 불구하고 무심코 간과해버리고 마는 일반적 시각을 바로잡고, 보다 이해심을 확충한다는 건 이 시점에 시의적절한 일임에 분명하다. 많은 사람들이 육상경기를 두고 냅다 달리기만 하면 되는 종목으로 여기는 타성 앞에, 이 시편들은 그 달리기가 선수 개인은 물론이려니와 종목 지도자, 경기 여건, 국민의 열망과 국가 명예까지 혼연일체가 되어 구현된다는 사실을 명시적으로 일깨운다. 이는, 기록이란 것을 불멸의 금자탑으로 생각하는 의식 속에 '기록은 깨뜨려지기 위하여 있는 것이다'나, 마라톤은 장시간의 장거리 경주로 인식하는 고정관념에 '마라톤은 장거리 경주의 연장이 아니다'라는, 인구에 널리 회자되는 스포츠 금언의 효능과 크게 다르지 않을 게다.

또 관중은 육상경기를 보면서 성적에만 신경을 쏟을 뿐 경기 과정의, 너무나 인간적인 눈빛과 근육의 수축을 도외시해버리는 건 아쉬운 현상이다. 이 시집은 그런 쪽만 취하는 귓전에 이러한 속삭임을 들려준다. "기능만 함양시키라고? 그렇다면 '소프라노 음의/피뢰침을 올려다보며/기도하듯 두 손을 움켜쥔다//저격수처럼/때를 기다린다'(〈꿈〉)라는 시행이 환기하는 암유暗喩나 의미 따윈 요량해 볼 필요조차 없단 말이지?"

경기장을 찾는 사람들은 선수가 기록을 세우기까지 각고의 노력과 피땀, 그리고 찬란한 영광에 기꺼이 갈채를 보낸다. 그와 동시에 기록을 세우지 못한 선수에겐 관심을 거두는 게 예사다. 이런 상승 일변도의 시선에 대해 이 시집은 위로의 사례를 나직

이 들려준다. '신기록이 수립되면/사라지는 이름들아//죽을 것 같이 아프냐/그렇게 서럽더냐/얼마나 더 울어야/숫자의 덧없음에 익숙해지려느냐//서로 이름도 묻지 말고(〈기록〉)' – 이것이 경기자들의 얼음날 같은 현실이요 삶의 진실이다.

서상택이 이 시집에서 이룬 것을 정리해보면 첫째, 육상경기와 관계자의 실체를 스타디움 풍경으로만 바라보지 않고 경기 전후의 인간적 정애와 내밀한 세계를 정감 넘치게(때론 비정하게) 일반 대중 속으로 끌어내 그들과 더불어 숨쉬며 희로애락에 동참하게 만드는 점이고, 둘째는 호소력에 있어 시의 힘에 의탁함으로써 독자로 하여금 은연중에 시의 맛에 젖어들게 하는 점이다. 이제 시의 힘이 어떻게 작용하고 있는가를 살펴보자.

리얼리티, 이미지의 역동성

글의 일차적 목적은 표현하고자 하는 대상을 일목요연하게 집필함으로써 읽는 이의 공감을 얻는 데에 있을 것이다. 시라는 그릇에 담아낼 경우에는 한 걸음 나아가 표현 기법상 압축과 비약, 간결과 은유, 그리고 현 실태를 비현실의 시적 상태로 환치하는 기량이 요구된다. 다음 시편은 작중 인물의 동작과 의식상태가 우리에게 매우 낯익은 장면이라는 측면으로는 리얼리티를 얻은 셈이며, 시적으로 변이하면서는 매슈 아놀드가 '시란 간단히 말해 가장 아름답고, 인상적이고, 다양하게, 효과적으로 사물을 진술하는 방법'이라고 정의내린 데에 충실했다고 볼 수 있다.

질주를 잠시 멈춘 채
무릎에 손을 대고 고개를 숙인다
들숨날숨 속에 기억이 지워진다
뱀이 온 몸을 칭칭 감는다
조여드는 숨통
터질 것 같은 심장

어디선가 겁먹은 개가 날카롭게 짖는다
공기가 폐를 빠져 나가는 동안
조각난 칼날이
살을 베고 스쳐 지나간다
실핏줄이 낱낱이 타버릴 듯
온 몸의 근육이
도자기 파편처럼 흩어져 갈라진다

—〈인터벌 트레이닝〉에서

선수가 달리던 중에 숨이 가쁘고 가슴이 터질 듯해 멈추어 서서 고개를 숙인 채 헐떡이는 모습이 실경처럼 여실하다. 그 풍경에 '조각난 칼날이/살을 베고 스쳐 지나간다/실핏줄이 타버릴 듯'한 내면의식에 대비하여 느닷없이 '어디선가 겁먹은 개가 날카롭게 짖는다'가 끼어듦으로써 극한상황을 한층 날카롭게 한다. 문학적 재기才氣라고도 할 수 있겠지만 쉬 얻어지는 경지는 아니다. 선수의 피나는 연마에 초점을 맞춘 것으로 '언 공기를 마시고/더운 입김 토해내며/혹한기를 견딘다/잘 벼려낸 칼날이 되도록/몸을 세운다'(〈동안거冬安居〉)도 비슷한 유형이리라.

서상택의 언어 통솔력, 시적 형상화에 대한 기량이 돋보이는 시작품을 만난다는 건 그렇게 어려운 일이 아니다.

목젖이 불탄다
혀가 둥글게 말려들고 있다
몸 안의 아가미들이 일제히
붉은 입을 벌리고 퍼덕인다
바람이 낮은 피리 소리를 내며
귓등을 스친다

일몰의 해가 황금 비늘로
잘게 부서지고 있다
부서진 것들이 노을 속에서
먼지가 되어 날아간다

세상은 모두 비늘로 이루어진 것일까
이대로 쩍쩍 갈라져
몸의 각질도 부스러기가 되는 걸까

-〈갈증〉에서

장거리 달리기에 있어 타는 목마름은 불가피한 일이다. 시인이 예외가 없는 그 당위성을 시로 노래할 때는 그에 합당한 인스피레이션과 테크닉을 부여해야 한다. 이 작품의 두 연에서는 저마다 첫머리 두 행으로 현실적 상황을 제시한 뒤, 이어지는 시행들은 상징을 당의糖衣로 입혀서 상상적 공간으로 전이한다. 상부의 연은, 가시적인 육체의 일부 즉 '목젖'과 '혀'에, '몸 안의 아가미'와 그 아가미의 '붉은 입'으로 상응하며 호흡이 급박해진다. 하부의 연에서는 '낮은 피리소리'로 속도감을 풍유allegory한 후에 일몰과 노을의 이미지로써 시간의 초조함을, 거기에 덧붙여 잘게 부서짐→ 비늘→ 몸의 각질이란 시적 이미지로 고통의 상태가 점고漸高된다.

다음 시편은 근린 공동체에서 떨쳐버릴 수 없는 원초적 감정을 읊은 것이다.

어디든 있다
내 곁에 있다
높은 곳에서
내려다보고 있다

피해 달아날 수도 없는데
아랫배가 살살 아파온다
누워 있어도
생각이 잠을 흔들어
깨우고 일으킨다

―〈라이벌〉에서

일견해서 유머러스할 수도 있을 게다. 그러나 '아랫배가 살살 아파온다'는 저간의 심리상태를 유념해 본다면 웃음은커녕 경기驚氣가 생길 정도가 되지 않을까. 나는 이 시구에 눈길이 머문 채 어쩔 수 없이, 고대희랍의 서사시 〈일리아드〉의 한 장면을 떠올리지 않을 수 없었다. 그건 트로이 성을 향해 아가멤논 휘하의 영웅 헤라클레스가 진격해 온다는 기별을 받은 트로이의 용장 헥토르의 아랫배 또한 이와 조금도 다를 바 없겠거니 싶어서다. 헥토르는 피치 못할 대결, 숙명적 라이벌을 기다리며 아마 '뱉을 수도/삼킬 수도 없는/불 혓바닥'(〈라이벌〉의 셋째 연)의 상념에 휩싸였음 직하니까.

육상인들의 세계 — 제각각에 한 다발 꽃

서상택의 첫 권 시집 〈육상경기장〉은 전편이 서정시의 패턴을 유지하지만 이 둘째 권 시집은 경기 관계자의 초상 또는 상호간 연대에 초점을 맞춘 시편이 적지 않아 서사적 구조를 띤 작품이 더러 보이는 건 필연적이리라. 이럼으로써 시는 경기 종목의 풍정에서 인간의 이야기로 더 속세에 다가드는 양이다.

먼저 육상지도자의 모습에 접근한다. 그들의 처지가 이토록 열악하단 말인가? 코치와 선수 간의 친밀과 애정이 이와 같이 짙을까? 한 사람의 육상인으로 성숙하기 위해서는 이처럼 자기성찰 과정을 거쳐야 하는 건가? 전설이 된 육상선수의 명암을 국민들은 방심하고 말았던 걸까? – 국제적 경기에서 태극기가 게양되며 애국가가 울려 퍼질 때 갖는 그 흥분의 한 부스러기만으로도

… 시골 초등생 시절의 운동회 때 가슴 울렁거렸던 만국기와 행진곡에 대한 소중한 추억의 편린만으로도 이토록 무심하지는 않을 것 아닌가.

시인이 조명하는 지도자, 이른바 코치의 진면목은 이렇게 형상지어진다.

굴을 까거나
바지락을 긁어모으거나
어둠 속에서 하얗게 빛나는
낙지라도 잡아 올릴 것처럼

밀물이 들면 드는 대로
썰물이면 썰물인 대로
갯바람에 염장이 되어 가며
개펄을 지키고 있는 저
낡은 그물

―〈연가〉 전문

짧은 시행 속에 코치에 대한 연민과 애정이 녹아 있는가 하면, 그들의 노심초사, 임무감이 패러디 뒤편에 그야말로 약여하다. (첫 연은 형용어구 혹은 화제의 도입구로서의 장식성이 강하므로) 둘째 연의 다섯 행으로써 코치들의 염장을 마다않는 자기헌신을 뚜렷이 각인한다. 벽촌 교정에서 헤진 트레이닝복 차림으로 호르라기를 목에 걸고 땡볕 아래서 코흘리개를 위해 비지땀을 흘리는 코치서부터, 국가대표 태극 마크를 가슴에 달고 육상 선수를 훈련시키는 감독에 이르기까지 '그물'이란 한 낱말로 요약하고 있는 데에 독자는 쉬 공감할 터이다.

그들이 우리 육상경기의 초석이고 환호의 원천이며 미래를 위한 길닦이임은, '내가 알아보지 못해/버려 놓은 아이들도 있었는데' '훈련 노트/제대로 기록해 두지 않는 지도자는/아이들에게 씻지 못할 죄를 짓게 돼'(〈은발 육상코치의 고백〉)라는 참회의 마음에서 불에 데인 듯 감지된다. 우리나라 육상사(史)의 성좌를 내리훑는 시편 가운데 '돈암동 손기정 선생 집에 나무 현판을 걸'고 '새벽이라 애국가를 부를 수는 없었지만/좁은 마당에 모여 태극기를 게양'하고는 '나라에 보답을 해야 했기에/우리는 더 멀리 달렸지'(〈1946년 그때—서윤복 선수 2〉)의 회고는 '백문이 불여일견'이란 옛사람의 충고에 값한다.

시는 읽는 이로 하여금 감동을 불러일으키지 못하면 생명을 잃는다. 감동을 유발한다 해서 다 시가 되는 것은 아니지만 이 둘은 불가분의 함수관계에 있는 것만은 틀림없다. 〈육상경기장에서 살다〉에서 순회코치에 얽힌 서사성敍事性은 진정 가슴을 뭉클하게 한다. '그이가 좋아서 하는 일인데요, 뭘…/아내는 말끝을 흐리며/풀꽃처럼 웃는다'(〈그 부부〉) –순간을 포착한 이 씬scene만으로 그들 부부, 가정, 살아감의 윤리적 자세 모두를 쓸어담는다. 육상 감독을 스케치한 것으로 '잘 뛴 탓에/먹지 못하는 녀석만 되레 구박이다/"어여 먹어, 안 먹고 뭐 허냐?"(〈삼겹살 구이—

황규훈 감독〉)라는 종결 시행은 냉면에 비유한다면 겨자 소스 이상이다.

이 시집의 저자는 독자의 누선을 자극한다는 면에 있어서 어쩌면 시신詩神을 거역하고 있는지도 모른다. 그러나 우리는 다행히도 현실 공간에서 시신은 아스라한 그 무엇으로 멀게만 느껴지니 무슨 대수랴. 또 현대시는 독자와의 유화를 꺼리기나 하듯 감상感傷이나 직소直訴를 기피하지만 우리에게 공감이라는 좋은 자질과 그 공감에 의해 우리 영혼이 카타르시스 된다면 무엇인들 거리감을 두랴.

사사로운 느낌 한 가지를 덧붙이면 나는 이 시편들 속에서 육상선수들의 살아감과 경기에 임함의 하중, 육상경기 관계자의 안간힘 속에 감추어져 있는 그들 동료애와 애국심에 놀라지 않을 수 없다. 그런 한편, 콧날을 시큰하게 하는 여러 장면들 속에서 '산동네를 환히 비추며/횃불로 타올랐던 함성은/가난이 힘이 될 수 있다는 것을/우리에게 알려주었지'(〈라면 소녀—임춘애 선수〉)라는 구절을 이 글의 막음말로 삼는 데 주저치 않는다.

육상경기장에 산다

지은이 서상택

1판 1쇄 인쇄 2011년 8월 25일
1판 1쇄 발행 2011년 8월 27일

발행인 김소양

편집주간 이꽃리
편집 이윤희, 방지혜
기획 전민상
마케팅 김지원, 이희만, 장은혜

발행처 ㈜우리글
출판등록번호 제 321-2010-000113호
출판등록일자 1998년 6월 3일

주소 서울시 서초구 양재2동 299-5 남양빌딩 6층
마케팅팀 02-566-3410 **편집팀** 02-575-7907 **팩스** 02-566-1164
홈페이지 www.wrigle.com **블로그** blog.naver.com/wrigle

값은 표지에 있습니다.
ISBN 978-89-6426-039-5 03810

잘못 만들어진 책은 구입하신 서점에서 교환해드립니다.